Solo una volta ancora

Storie brevi

Translated to Italian from the English version of
Once Upon a Time

Renuka.K.P.

Ukiyoto Publishing

Tutti i diritti di pubblicazione globali sono detenuti da

Edizioni Ukiyoto

Pubblicato nel 2024

Contenuto Copyright © Renuka.K.P.

ISBN 9789362693006

Tutti i diritti riservati.

Nessuna parte di questa pubblicazione può essere riprodotta, trasmessa o memorizzata in un sistema di recupero, in qualsiasi forma e con qualsiasi mezzo, elettronico, meccanico, di fotocopiatura, di registrazione o altro, senza la previa autorizzazione dell'editore.

Sono stati rivendicati i diritti morali dell'autore.

Questa è un'opera di fantasia. Nomi, personaggi, aziende, luoghi, eventi, località e incidenti sono frutto dell'immaginazione dell'autore o utilizzati in modo fittizio. Qualsiasi somiglianza con persone reali, vive o morte, o con eventi reali è puramente casuale.

Questo libro viene venduto a condizione che non venga prestato, rivenduto, noleggiato o diffuso in altro modo, senza il previo consenso dell'editore, in una forma di rilegatura o copertina diversa da quella in cui è pubblicato.

www.ukiyoto.com

Nel ricordo affettuoso dei miei fratelli scomparsi

Contenuti

Una celebrazione di Onam.	1
Kalariyakshi - Una favola.	7
Delusione.	12
Esame di fine anno.	18
Un viaggio a Bangalore.	23
Una chiacchierata.	27
Una compiacenza diversa.	33
Intercity.	38
Paradiso e Inferno.	45
Sull'autore	*48*

Una celebrazione di Onam.

Oggi è Thiruvonam. La festa d'oro nel mese d'oro del Leone! Si sentono grida di festa da tutte le parti intorno. Sudha era sdraiata sul letto ad ascoltare tutto questo. Dopo un profondo respiro, si alzò lentamente da lì. Poi arrivò in veranda e si sedette sulla sedia di plastica blu davanti alla sua casetta. La sedia dove si era sempre seduta sua madre. Sudha provò un indescrivibile sollievo quando vi si sedette sopra.

Sedendosi lì, si può vedere la casa del fratello maggiore che vive vicino a casa sua. Lei lo chiama Chetan. La famiglia della moglie di Chetan, Geetha, era già venuta lì la sera precedente per festeggiare con loro l'Onam.

Dopo un po', la madre di Geetha scese nel cortile. Sebbene Geetha sia più anziana di lei per posizione, Sudha la chiama per nome perché sono coetanee. Anche Geetha lo preferisce, perché vuole essere sempre più giovane, come la maggior parte delle donne qui presenti. Quando la vide, la madre di Geetha la chiamò da lì e le chiese.

"Perché te ne stai lì a poltrire, vieni qui invece di stare lì da solo".

"Sì, zia, sono seduto qui in ozio. Quando è arrivata la zia?". Sudha chiese, pur sapendo del loro arrivo, solo per chiedere qualcosa in quel momento.

"Tuo fratello ci ha invitato a festeggiare l'onam qui dicendo che per incontrare tutti. Non stare lì da solo, vieni qui".

"Sì, sto arrivando".

Dopo aver detto questo, è entrata in casa. Qual è il suo destino? Viene invitata dal loro ospite a casa del fratello, dove ha il diritto di vivere in tutta libertà, soprattutto perché non è sposata e non ha una famiglia propria. Quando Sudha se ne ricordò, si sentì triste e delusa. In quel momento c'era una lucertola che faceva rumore sul vetro della finestra e che le diceva che il suo pensiero era corretto.

Se mia madre fosse lì! Come avremmo potuto festeggiare bene Onam. Anche dopo essere rimasti soli, abbiamo preparato tutti i piatti per Onam e Vishu e ci siamo goduti ogni festa. Di solito, uno degli anziani regalava anche un Onakodi (un vestito nuovo per Onam) a entrambi. Perché Dio ha chiamato mia madre così presto lasciandomi sola? Come ha potuto lasciare questa terra in pace pensando a me? Le briglie dei suoi pensieri cominciarono lentamente ad allentarsi e alla fine raggiunsero sua madre.

Non avevo nessuno che mi confortasse, se non mia madre, quando ero profondamente ferita nel cuore o depressa nell'agonia", pensò, "quando mia madre se ne andò, come divenne patetica la mia vita in questa casa" Il ricordo dell'amata madre, che era il suo unico sostegno, cominciò a farla commuovere. Questo le fece tornare con la mente ai giorni della sua infanzia.

Quando uscivamo da scuola nel periodo di Onam, la prima cosa che facevamo era correre a raccogliere fiori con mia sorella minore e i miei amici. Il lato meridionale del nostro terreno era pieno di fiori di diversi colori. Dobbiamo raccogliere tutti questi fiori prima che Indu e Suma arrivino dalla casa accanto. Se ci vedono in terra a raccogliere fiori, anche Alice della casa accanto correrà a raggiungerci. Anche se non fa il pookkalam (aiuola), si diverte a raccogliere i fiori con noi. Ci sono kakkapoove (un piccolo fiore nel terreno) dappertutto... Dopo aver raccolto il kakkapoove e il thumbapoove (un piccolo fiore bianco speciale per onam) in una foglia di gombo, si torna a casa. è sufficiente raccogliere tutti gli altri fiori al mattino. La mattina dopo, il nostro pookkalam sarà il migliore della zona. Ricordando tutto questo, sospirò di nuovo.

Un giorno stavano raccogliendo kakkapoove dal terreno abbandonato del loro vicino Pillai. In quell'area deserta c'era uno stagno. Intorno ad esso ci sono molti kakkappove. Poi c'è stato un rumore di "boom" mentre raccoglievano i fiori seduti lì. Alice e sua sorella si spaventarono quando sentirono il suono.

"Basta così, andiamo a casa", disse la sorella a bassa voce. Hanno raccontato di aver visto una donna nello stagno emergere dall'acqua.

Anche lei ha sentito il suono, ma quando ha guardato non c'era nessuno. Pensò che doveva trattarsi di un'illusione o qualcosa del genere. Ma non poteva credere che sua sorella e Alice avessero detto di aver visto una forma femminile emergere dall'acqua. In ogni caso, tornarono subito a casa e raccontarono il fatto alla madre di lei.

"Chi ti ha detto di avvicinarti a quello stagno? C'è il fantasma di una signora che in passato è morta annegata in quello stagno".

"E il fantasma, non dirlo e basta, mamma", disse.

"Savitri, la vicina dell'est, andò a fare il bagno in quello stagno subito dopo essere venuta qui, dopo il matrimonio con Sundaran, in quella casa. Più tardi, vuoi sapere cosa è successo? Savitri era perseguitata dal fantasma di quella signora. Savitri iniziò a parlare proprio come quella signora con la quale non aveva avuto alcuna esperienza fino a quel momento. Fu la suocera di Savitri ad accorgersi presto di quella signora a cui era familiare. Avrebbe dovuto vedere lo sguardo di Savitri in quel momento! La sua voce e i suoi gesti erano proprio come quelli della signora secondo la suocera. I suoi occhi si sono mostrati rossi e mutati per la paura. Vedendola tutti si sono spaventati". Sua madre continuò.

Dopo averne sentito parlare tanto, hanno iniziato a tremare di paura. La sorella si avvicinò alla madre con timore. La madre ha ribadito che la signora era stata ingannata da un Kumaran e che era stata concepita da lui. Così, lasciò questo mondo annegando nello stagno e le due anime che erano annegate vagavano lì senza ottenere una rinascita.

"Quel fantasma è ancora lì. Non andare lì". La madre ha avvertito di nuovo.

Infine, all'imbrunire, mia madre prese in mano un po' di sale e di pepe e lo girò sopra le nostre teste. Poi lo metteva nel fuoco e lo bruciava per eliminare ogni vibrazione negativa impigliata in noi. Mio padre prese in giro la mamma quando vide tutto questo.

"Ma che sei matto, qualsiasi noce di cocco deve essere caduta in quello stagno". La madre non ha detto molto in seguito. Sudha ricorda ancora chiaramente tutto questo.

Oh! Quanto era premurosa mia madre? Se fosse qui oggi! Ora sono solo in questa casa in questo giorno speciale di Thiruvonnam. Le lacrime cominciarono a scorrere dai suoi occhi senza interrompersi, mentre ricordava. Ovunque sia l'anima di mia madre, forse sta versando lacrime ricordando me". Sudha tirò un sospiro, pensando a questo. In quel momento suo fratello venne da lei.

"Di cosa ti preoccupi? Perché tutte queste lacrime sul tuo viso?". Chiese.

"Niente, all'improvviso mi sono ricordato di nostra madre".

"Che problema c'è a dirlo ora che se n'è andata?". Anche il suo viso è un po' appassito. Poi recuperò l'equilibrio mentale e disse,

"Sudha, vieni lì, possiamo mangiare da lì". Scosse la testa.

A casa di Chetan si sente che Geetha e i loro ospiti parlano a voce alta e ridono facendo battute un po' troppo spinte, ecc. Si stanno divertendo felicemente tutti insieme. Chetan vuole che mi unisca al loro gruppo. Ma Geetha? Dice che non sto bene mentalmente. Allora come può permettermi di unirmi a loro? Sospirò di nuovo.

Cosa è successo alla sua vita? La morte del padre e la successiva insicurezza in casa, tutte queste cose avevano prodotto dei cambiamenti in lei. Il suo stato mentale è cambiato. Non è riuscita a superare gli esami. Alcune illusioni, a volte nella stessa postura per lunghi periodi senza una parola. Se qualcuno la interroga, esplode. Finalmente una vita dipendente dalle pillole.

La solitudine l'ha resa pensierosa e triste in questa occasione speciale. Pensò: "Anche se non c'è nulla di sbagliato in me, Geetha pensa che io sia solo pazza. Come possono aggiungermi a loro? Se ci fosse stata sua sorella al mio posto, il suo atteggiamento sarebbe stato completamente diverso".

Come sappiamo, una persona che è guarita da un qualsiasi disturbo mentale nel corso della sua vita, non sarà accettata da nessuno come prima, anche se è innocente, tranne che dalla sua famiglia.

Sudha ha paura di Geetha. Anche il fratello teme la sua natura. Se c'è una controversia tra loro, ricattandolo o minacciandolo, lei metterà tutto sotto il suo controllo. Se non si risolve, peggiorerà la situazione. In ogni caso, è fortunata perché suo marito è orgoglioso e rispetta se stesso e nasconderà tutto senza che gli altri lo sappiano. Il fatto è che Sudha ha una medicina per la sua eventuale malattia. E Geetha?

Nessuno sa del suo disturbo comportamentale e di quanto sia pericolosa per la sua famiglia.

"Sudha vieni e beviamo il tè". La madre di Geetha chiamò di nuovo generosamente.

Sudha entrò in casa senza sentirlo. Si sdraiò pigramente sul letto per un po'. Si addormentò pensando a come veniva punita da Dio per il crimine che aveva commesso. Quando si alza, si sente il rumore del parlare a voce alta dal lato nord della sua casa. Ammalu Amma, i suoi figli e i suoi nipoti sono riuniti nella veranda della sua casa. Una delle sue figlie vive con lei e anche un altro figlio vive vicino a lei in un'altra casa. Se c'è una celebrazione o qualcosa del genere, si riuniscono tutti insieme con lei. Allora sarà come gettare un sasso nel nido del corvo. Sudha si alzò, aprì la finestra sul lato nord e rimase a guardarla per un po'.

Se il mio matrimonio fosse avvenuto all'età giusta, ci sarebbero stati anche bambini come quelli. Cosa posso dire se non che è il mio destino?". Si sentì di nuovo triste pensando a questo. Mentre guardava fuori in quel modo, il fratello arrivò di nuovo lì.

"Sudha, non hai fatto il bagno? Fatti subito un bagno e vieni a casa a prendere il tè lì".

Poveretto, è tornato inquieto dopo aver pensato a lei. Poi ha sbrigato alcune faccende domestiche, come la pulizia e il bagno, e si è recata a casa di Chetan.

"Questo onamkodi è per te". Geetha prende un vestito nuovo e lo regala a Sudha. Lo ricevette, pensando che qualsiasi cosa fosse forse era sufficiente per me.

Geetha riceverà un bonus e un anticipo dal governo. Quando è andata lì, stavano discutendo dello shopping di Onam. Non voleva sentirne parlare. Che cosa succede a un gatto in un luogo dove si conserva l'oro? Onam è per le persone che hanno parenti e denaro. Per le persone come lei, è come dire: "Anche se viene un onam o un compleanno, il porridge per il Corano sarà sempre in una pentola di argilla". Non la stanno emarginando? Aveva studiato bene in ogni classe e avrebbe potuto arrivare in alto se non fosse stata malata. Se qualcuno parla così di lei, Geetha la umilia dicendo che qui sarebbe stata una collezionista.

Sudha si sedette su una sedia nella sala da pranzo. Sono presenti i genitori e i fratelli di Geetha con la loro famiglia. Corrono qua e là per fare un banchetto, ecc. Sudha si sedette in silenzio da un lato del tavolo e fece colazione da sola. Poi il fratello venne a sedersi vicino a lei per farle compagnia e cominciò a parlare.

Sudha sbirciò in cucina. La cucina sta procedendo bene. Si sprigiona un odore gustoso. Poiché Geetha non le ha permesso di entrare in cucina, non è entrata. Alcuni ospiti le hanno chiesto qualcosa. Sudha rispose loro e tornò a casa.

Sudha sa bene che la mancata collaborazione di Geetha rende il fratello indifeso. Per questo motivo, cerca spesso di tenersi lontana da loro per salvare il fratello da questa impotenza. Prepara il cibo per lei sola. Solo oggi ha ricevuto un invito speciale per Onam da Geetha. Poiché la sua mente non sta bene, nessuno, tranne la sua famiglia, la accetterà. Lo sapeva bene e si tranquillizzò. Dopo un po' di tempo, vide Chetan che tagliava la foglia di banano dal cortile per un banchetto da portata e la portava dentro. Sudha si recò di nuovo lì per fare un banchetto di Onam per il quale era stata invitata dal fratello in precedenza.

Anche se le è stato impedito di fare pookkalam in questi dieci giorni, Geetha ha mostrato una certa generosità permettendole di unirsi a loro per la festa in questo giorno di thiruvonam. Sudha considera questo fatto come la sua fortuna.

....

Kalariyakshi - Una favola.

"Cammina veloce senza dire una parola, non guardarti indietro".

Kutettan ci ha detto a bassa voce. Stavamo andando a Mattappadam (un luogo di scambio di merci) tenendolo per mano. Mio zio gli ha affidato del denaro da spendere per noi. Siamo molto contenti ed entusiasti di questo.

Quando ho chiesto "Che cosa è successo?", ci ha detto di non parlare mostrando la bocca coperta con la mano e ha messo rapidamente i piedi in avanti e ha iniziato a camminare con paura. Dopo qualche tempo, quando raggiunsero un certo luogo, Kuttettan (un fratello di una casa vicina) ci spiegò cosa era successo.

"Non è la strada che abbiamo appena percorso ora? C'è un Kalari all'interno della recinzione sul lato nord di quella strada. Si dice che in quel Kalari ci sia una fata. Una figura femminile con i capelli sciolti e che indossa un sari bianco. A mezzogiorno, si avvicina ai passanti e chiede un po' di calce. Quando ci giriamo, vediamo una Yakshi con denti lunghi, ecc. come se stesse aspettando di bere il nostro sangue. Molti dicono di averlo visto".

Quando Kuttettan lo disse, in quegli occhi c'era paura. Sentendo i racconti di molte persone rimaste sciocchate nel vedere la fata, abbiamo raggiunto Mattappadam.

In passato, prima dell'invenzione delle monete, esisteva un sistema di scambio di prodotti. Al posto del denaro, all'epoca si scambiavano merci per le loro transazioni. A testimonianza di ciò, ancora oggi, ogni anno a Chendamangalam, una località del distretto di Ernakulam, si tiene una fiera commerciale il giorno prima della festa "Vishu". Kuttettan ci ha portato lì e ci ha mostrato tutto. Ci sono tutti i tipi di oggetti antichi come cesti, vasi, stuoie, vasi di terracotta e tutto il resto. Kuttettan mi ha comprato una barca giocattolo che va sull'acqua. Mio fratello minore, che è con noi, ha ricevuto una macchinina e un flauto. Dopo aver girovagato qua e là, siamo tornati con un sacco di giocattoli, angurie, dolci, ecc. Durante il tragitto, chiedemmo a Kuttettan di tornare in un altro modo.

"Kuttetta, possiamo tornare in un altro modo. Abbiamo paura di quella fata che sta arrivando". Nessuno nascondeva la paura.

Non c'è altro modo. Dobbiamo temere solo quando andiamo da soli a mezzogiorno. Non avere paura ora". Kuttettan ci ha tranquillizzato. Così siamo arrivati a casa.

Subito dopo la chiusura della scuola a metà estate, di solito venivamo mandati via dalla nostra casa nella città vicina per celebrare le vacanze nella casa ancestrale di nostra madre a Chendamangalam ogni anno. Questa volta siamo venuti qui da casa nostra a piedi due giorni prima. Per arrivare qui dobbiamo attraversare due fiumi in traghetto e cammineremo spaventati fino a quando non avremo attraversato il traghetto. Dopo aver attraversato il fiume, saremo entusiasti e felici di raggiungere la casa della madre.

Nostra nonna morì alcuni anni prima e allora una nostra cugina fu decisa dalla famiglia a risiedere lì per occuparsi di quella casa e dei due zii che allora erano scapoli. Gli zii erano molto severi. Tutti i nipoti li avevano molto temuti e rispettati. Ecco perché c'era molta disciplina in quella casa, soprattutto quando c'erano loro. Ogni volta che eravamo lì, eravamo abituati a parlare tra noi a voce bassissima, senza emettere alcun tipo di suono. La nostra venerazione nei loro confronti era tale che temevamo persino di chiedere ripetutamente qualcosa se non riuscivamo a capire quello che ci dicevano. Anche i bambini della casa vicina, a nord, vengono a stare con la sorella cugina fino a quando, in tutti i giorni, entrambe arrivano a casa la sera.

Kuttetten è andato a casa sua dopo averci lasciato qui e il giorno dopo, la mattina stessa, è tornato a casa sua. Lo zio gli aveva affidato in precedenza il compito di andare a fare la spesa quando era necessario. Un giorno, quando andò al negozio di razioni, mi portò con sé. La via passava attraverso la facciata di una vecchia casa cristiana chiamata Anelil. Prima ero andato a raccogliere semi di acciughe con un amico della casa vicina a est. Quando arrivammo vicino a quella casa, Kutettan, mostrò una vecchia signora in quel bungalow in mezzo a quel grande terreno.

"Quella nonna non è morta nemmeno dopo che il sacerdote è venuto a darle l'ultima kudasa".

"Quella nonna è un fantasma?". Il mio dubbio è stato frainteso da lui. A Kuttettan non piaceva questa domanda.

"Ah, non saprei", disse risentito.

Abbiamo camminato raccontando la storia di come quella nonna sia tornata in vita anche dopo averle dato l'estrema unzione.

C'era un cantante della chiesa che viveva nella casa sul lato sud accanto. Sua figlia Gressy aveva la mia età, ma non mi parlava. Potrebbe avere un ego, poiché è la figlia minore di quell'antica casa cristiana con proprietà essenziali. Le donne di quella casa erano raramente viste fuori. Se guardiamo dalla strada, possiamo vedere solo la pianta della tenda appesa. Una famiglia ortodossa. Quando la vedo, mi viene in mente la ricca Gressy che esitava a condividere il suo ombrello con Lilly, che andava a scuola sotto la pioggia senza ombrello, nella famosa storia di "Orukudayum Kunjupengalumm" di Muttathu Varki.

Dopo la morte della nonna, lo zio maggiore si è dedicato soprattutto alla preghiera. Lo zio che credeva che sua madre fosse morta a causa della stregoneria di qualcuno è ricorso alla bhakti per liberarsi dei suoi effetti negativi nell'aldilà. Si sveglierà alle quattro del mattino e farà bagni e rituali ogni giorno. Di solito ci svegliamo al mattino sentendo il canto del Naamajapam e la fragranza del legno di sandalo.

Un giorno una donna è venuta a cercare aiuto per scrivere una petizione. Lo zio più giovane, che è un insegnante di scuola, prese carta e penna e mi disse di scrivere. Ero in quinta elementare e scrissi in bella calligrafia ciò che mio zio mi disse. Si trattava di una petizione per far ottenere alla figlia un certificato di trasferimento per cambiare scuola. Quando mi hanno chiesto: "Non è il figlio della sorella del signore?", il mio orgoglio è salito al cielo.

Un insegnante di LP che insegna ai bambini a scrivere le prime lettere della lingua era molto rispettato dalla gente comune della società di allora. Ho sentito dire che un docente universitario che insegnava scienze politiche in un college aveva pensato al suo insegnante di LP come "l'uomo più grande" durante la sua infanzia. Chi insegna le lettere iniziali sarà sempre ricordato.

Kutettan arriva sempre di sera. Poi, nella stanza accanto alla cucina, ci riuniamo tutti insieme e parliamo di molte cose. Un giorno, durante il nostro discorso, quando descrisse come la fine del mondo sarebbe avvenuta con una pioggia di fuoco, tutti noi cominciammo a tremare di paura.

La scuola sta per aprire. Dobbiamo tornar a casa. Lo zio ci ha dato i soldi per il biglietto dell'autobus. Così siamo diventati felici e pacifici. Non c'è bisogno di avere paura di salire sul traghetto. Dopo aver fatto il bagno e mangiato il porridge, ci prepariamo a tornare a casa. Ora sono le 11:30. Siamo usciti di casa dopo aver salutato la cugina, la sorella e lo zio. Oh mio Dio, questa strada è la stessa di Mattappadam. È stato solo quando siamo arrivati lì che abbiamo capito. Lo stesso percorso lungo il lato di Kalary attraverso il quale siamo andati a Mattapadam. Dopo il ponte sul canale, abbiamo raggiunto il sentiero. Quando siamo arrivati nei pressi di Kalari, abbiamo guardato dentro la recinzione sul lato nord con la testa impaurita. È mezzogiorno? Un vecchio edificio fatiscente che assomiglia a un piccolo tempio visto chiuso a chiave. Potrebbe essere questo il Kalari che ha detto Kutettan? Ci siamo spaventati: "Andiamo subito". Dopo averlo detto in segreto, abbiamo iniziato a camminare velocemente. Poi si sentì una chiamata da dietro. Una voce di donna.

" Rimani lì".

Non abbiamo visto nessuno per tanto tempo. Come è arrivata all'improvviso? Mi guardai lentamente alle spalle con gli occhi socchiusi. Sì, è una donna.

"Corri... ho visto anche una figura con un sari bianco e i capelli sparsi". Poi entrambi corremmo senza guardarci indietro fino a raggiungere la panchina di cemento nella rimessa d'attesa della stazione degli autobus. Avevamo paura persino di parlarci. In quel momento entrò nel capannone una sorella.

"Perché sei scappato quando ti ho chiamato? Non sono forse i figli di sorella Bhavani?".

"Sì, siamo corsi pensando che fosse l'ora dell'autobus", risposi.

Quella sorella appartiene alla famiglia di nostra madre e conosceva tutti noi. Più tardi, quando arrivammo a casa, ridemmo tutti parlando di questa stupidaggine. Inoltre, si è venuto a sapere che non è sposata e conduce una vita da suora indossando abiti bianchi e spargendo i capelli con il thulasikathir sul capo. È sempre in bhakti.

'È da molto tempo che sento dire che in quella zona c'è una fata, quindi è meglio non andare da quella parte a mezzogiorno'. Il consiglio della madre.

Per quanto pensassimo al motivo per cui la Yakshi viveva a Kalari, non ne avevamo idea.

....

Delusione.

Sono le nove e un quarto. L'autobus arriverà a breve. Jodsna appese la borsa, chiuse il cancello e uscì. Tirando lo scialle sulla spalla, iniziò a correre verso la fermata dell'autobus. Se prende questo autobus, può raggiungere l'ufficio in tempo. Se si arriva in ritardo di un minuto, non c'è alcuna possibilità di prendere quell'autobus. Il sovrintendente in ufficio aspetta di arrivare alle 10 per segnare il ritardo nel registro delle presenze. Camminava alacremente. Mentre camminava, cercava di ricordare tutte le cose da fare in ufficio. L'audit stava per iniziare. Tutti i registri devono essere corretti. Nel frattempo, molte persone presenteranno molte richieste. A loro va data una risposta.

"Perché Jodsna corre anche se è lunedì?".

Si voltò sorridendo. È Basheerika della casa accanto: "Perché dovrebbe preoccuparsi se corro o cammino?", pensò nella sua mente. Ma lei non glielo disse e gli rivolse solo un lieve sorriso come risposta. Così, camminando, raggiunse la fermata dell'autobus. Quando l'autobus è arrivato, si è subito aggrappata ad esso e vi è salita. Non c'è posto per salire sull'autobus.

Kerioru kerioru keriniku'. ('Tutti coloro che sono entrati dovrebbero spostarsi davanti') L'addetto alle pulizie dell'autobus sta facendo rumore battendo sul lato dell'autobus.

Un 'Kili' (soprannome dell'addetto alle pulizie degli autobus) che non ha tempo per far entrare le persone.

"Perché cerchi di rompere l'autobus?". Qualcuno si è arrabbiato con lui.

Suonerà il campanello per far partire l'autobus prima che le persone salgano a bordo. Se si vedono i suoi rumori e il suo comportamento, si può pensare che stia andando a comprare una pillola di emergenza. Spesso sembra che il governo debba impartire un ulteriore addestramento per ottenere l'autocontrollo prima di dare le patenti ai conducenti. Oggi, ovunque si guardi nel nostro Paese, si vedono molti operatori della consapevolezza.

Quando torna a casa dal lavoro in ufficio, sono le 6 circa. Una volta che si riposa per un po', riprende il suo "viaggio" verso le faccende domestiche. Poi rimane a fare tutto il lavoro a casa finché non dorme. Non appena la sveglia suona all'alba, Jodsna si alza di scatto e di solito trascorre due ore in cucina. Entrambi i suoi figli studiano in una scuola di lingua inglese. Il loro scuolabus arriva alle 7:30 del mattino. Il marito deve uscire alle 8 del mattino. Dopo aver preparato il cibo per loro e averli lasciati in orario, può starsene tranquillamente nel suo mondo da sola per un po'. Wow! Sono passati quindici anni dall'inizio di questo viaggio.

I figli di Jodsna studiano nella scuola più famosa del Paese. I suoi figli sono stati ammessi a quella scuola in LKG grazie all'alta raccomandazione di un alto funzionario del suo dipartimento. Inizialmente a Jodsna e a suo marito era stata negata l'ammissione perché non sapevano parlare correntemente l'inglese. Per questo Jodsna ha cercato la raccomandazione. Quanto è stato difficile per lei! Quanto si è impegnata per questo! Shiva Shiva! Lo scopo di tutto ciò era l'ammissione al corso di preparazione all'ingresso e quindi un futuro corso professionale per i loro figli. Ora possiamo essere ammessi anche nella classe di coaching se gli studenti hanno solo voti alti! Jodsna ha visto molte persone che lavorano con lei lottare per questo. Ecco perché sta prendendo precauzioni in questo momento. È rimasta sorpresa nel vedere la sua amica portare i figli in una piccola classe di una scuola di un famoso istituto di formazione per assicurarsi l'ammissione in futuro. Ma Jodsna sta percorrendo la stessa strada.

In quel periodo arrivò un'altra stagione di Onam. Poiché i bambini devono andare a scuola la mattina presto, il pookkalam non viene preparato qui. Il periodo scolastico non è adatto e tutti sono impegnati in quel periodo. In ogni caso, quest'anno Jodsna ha deciso di fare il pookkalam con i fiori disponibili in loco.

"Bambini, quest'anno dovremmo fare il Pookkalam, è passato un po' di tempo dall'ultima volta che l'abbiamo fatto nel nostro cortile a Onam".

"Oh, la mamma dovrebbe lasciarci in pace. Abbiamo altri lavori da fare".

Il giorno dell'Atham (il primo giorno di celebrazione) è arrivato dopo alcuni giorni. Jodsna non disse nulla ai suoi figli perché sapeva che al mattino non c'era tempo per loro. Lo scuolabus sarebbe arrivato alle 7 in punto.

Quando nella sua infanzia arrivava la stagione di Onam, andava a raccogliere fiori insieme agli amici delle case vicine. Il cortile sarebbe stato pulito con lo sterco di mucca. Una zia della casa vicina preparava sacchetti di fiori con foglie di palma per tutti. A quel tempo era sufficiente andare a scuola alle 10 e tornare alle 16. Che gara tra amici per fare il miglior pookkalam!

Sulle recinzioni di tutte le case erano sbocciati fiori di ogni tipo. A quel tempo le vacanze erano i giorni più felici. I ragazzi delle case vicine, con un bastone in mano, andavano sulla strada in gruppi per raccogliere fiori dalle case su entrambi i lati della strada. È stato particolarmente felice ed emozionante raccogliere fiori dalla cima dei muri di alcune case senza conoscerle come un'avventura. Nel vicino club di Sreemoolam ci sono molti fiori di pisello. La stagione di Onam era un periodo pieno di felicità ed eccitazione nella sua infanzia. Ma per i suoi figli? Si può dire che vedono questo pookkalam (aiuole) solo a scuola.

Jodsna sta andando al lavoro dopo aver raccolto alcuni fiori dal cortile e aver messo un pookkalam (aiuola) sul portico dell'auto, dato che non aveva letame per pulire il cortile. Quando arriva la sera, Joyce chiede ai figli il loro parere sull'aiuola.

Com'era l'aiuola, bambini?".

I bambini sembrano aver visto qualcosa di stupido. Non hanno mai vissuto la bellezza di Onam nel suo vero senso.

Immersi nel magico mondo creato dai venditori di istruzione, lei e suo marito hanno sopportato tutto e stanno pagando tutti i soldi guadagnati come tasse per insegnare ai loro figli nella scuola media inglese. Ma ora il disprezzo che i bambini mostrano nei confronti della loro cultura unica la rende un po' delusa. Anche se non ci sono molte strutture, ritiene che le scuole pubbliche siano molto meglio per la crescita interna e l'elevazione culturale dei bambini. Ha visto l'amore e la cura che i bambini vicini si dimostrano l'un l'altro mentre si recano alla scuola pubblica. Molti di coloro che hanno studiato qui hanno raggiunto i livelli più alti della società. Quando il marito arrivò la sera, parlò della sua delusione.

"Non fai tutte queste cose vedendo i tuoi amici? Devi soffrire tutto da solo. Da una parte perdere i nostri soldi e dall'altra cambiare la loro cultura. Tutte queste cose non sono state fatte solo da te, il motivo di questa lacerazione?". Si è infuriato.

". Permettetemi di dire un'altra cosa. Se le cose andranno così, dopo qualche tempo dovranno imparare il significato di madre e padre. Non è così che si insegna adesso?".

Quando l'ha sentito, ha pensato che fosse giusto così. Il pensiero attuale di Jodsna è che la lingua inglese e i corsi di ingresso ecc. dovrebbero essere presi in considerazione solo dopo aver insegnato prima gli aspetti meritevoli della nostra cultura e delle nostre tradizioni. Tuttavia, non possiamo ignorare il flusso del tempo. Jodsna sta ripensando a un'educazione equilibrata senza rovinare gli aspetti positivi della nostra cultura insieme alla modernità.

L'esame di ammissione deve essere vinto per tutto. La maggior parte dei genitori è cauta nel superare questa barriera con i propri figli. In passato, anche se c'era un'influenza del denaro, solo coloro che avevano un interesse naturale a studiare un corso professionale come medicina, ecc. Ne beneficeranno la società e lui stesso. Al giorno d'oggi, però, prima di iniziare l'istruzione, i genitori decidono il corso professionale per i loro figli. Questi bambini sono delle marionette per soddisfare l'ego dei genitori?

La scuola è chiusa per Onam. Entrambi i bambini passano la maggior parte del loro tempo a giocare al computer. Jodsna ha comprato alcune buone riviste per bambini per sviluppare l'abitudine alla lettura. Dopo due giorni, è il turno di Thiruvonam. La sera andarono tutti in città per comprare un onamkodi (un vestito nuovo). Dopo aver ricevuto i nuovi vestiti, i bambini sono diventati felici ed entusiasti di Onam.

Le vacanze di Onam sono iniziate in ufficio. Poi iniziarono i preparativi per le celebrazioni di Onam a casa. Il ritmo della canzone di Onam e Onakali stava diventando un fascino per lei. Il ricordo delle celebrazioni di Onam nella sua infanzia cominciò a farsi strada nella sua mente. La sera, nel cortile della casa sul lato nord, tutte le donne del quartiere si riunivano per giocare a onamkali. Tutti insieme canteranno canzoni, giocheranno e guarderanno l'Onakali. Che nostalgia!

Due giorni prima Jodsna era tornata dalla città dopo aver comprato 'Trikakarayappan' e 'thumbachedi (due cose necessarie per i rituali)'. Suo marito è sempre molto impegnato. Non ha tempo per nulla. Il giorno prima di Onam, quando era notte, Jodsna ha decorato il portico dell'auto con oggetti già pronti per accogliere Onathappan come da rituale.

I bambini guardavano la TV. Quando hanno visto sullo schermo la scena di Vamana che dà un calcio in testa a Mahabali, i bambini si sono interrogati a vicenda.

Non è un'assurdità? Il figlio maggiore è sorpreso.

Per fortuna non vivevamo in quel periodo". La sorella minore disse.

Sentendo questo, Jodsna disse che "non è così, bambini" e iniziò a raccontare loro la storia, ma loro la ignorarono e continuarono a guardare la TV.

Voleva raccontare ai suoi figli che Vamana Murthy, che aveva benedetto Mahabali mandandolo a Suthalam (un luogo più grande del cielo), era nato nel giorno del mese del Leone e che nessuno aveva calpestato Mahabali. Ma non avevano alcun interesse a sentirlo. La gloria di quella forza influente di cui l'universo, che è composto da cinque thatwa (cinque elementi dell'universo), esiste, è proclamata attraverso molte storie nei Veda e nelle Upanishad. Una di queste storie è quella di Vamanamoorthi e Mahabali. Stiamo adorando la magnificenza dell'influenza in forme e immaginazioni diverse. Anche se possiamo vedere lo spirito di Dio in questo, sappiamo che non sono Dio. Che nobile concetto di Dio! Jodsna si stupì ed eccitò ancora di più quando ci pensò.

In ogni caso, a Jodsna cominciò a prendere piede la consapevolezza che se comprendiamo la cultura e le pratiche del nostro Paese e costruiamo una vita in base ad esse, insieme allo studio accademico, i bambini avranno umiltà, semplicità, amore, comprensione reciproca, ecc. Si è anche convinta a prestare più attenzione in primo luogo ad esso. Solo dopo dovremo pensare all'istruzione superiore, come il corso professionale. I bambini devono essere controllati e lasciati liberi di andare per la loro strada. Anche il marito era d'accordo con il pensiero di Jodsna. Ha detto,

"Se si hanno soldi in mano, è un buon modo per stare tranquilli acquistando un piccolo pezzo di terra con bellezze naturali e iniziare a coltivare con un bel giardino invece di darlo ai venditori educativi".

Il giorno di Thiruvonam, tutti si sono alzati presto. Anche se i bambini non erano molto interessati, quando hanno fatto il bagno e indossato i vestiti nuovi erano molto eccitati. Quando accolse Onathappan con gioia, insieme al marito e ai figli, la sua felicità fu indescrivibile. In quel momento ha rievocato i suoi ricordi e si è emozionata per l'occasione insieme a loro.

"Dopo l'Onasadya (festa), andiamo a casa del padre, siete tutti pronti?" chiese il marito.

Dopo averlo saputo, tutti sono entrati di nuovo in uno stato d'animo di festa. Tutti hanno fatto colazione con gioia, insieme a puratti superiori e sarkara (spuntini) comprati al negozio e al poovada fatto da loro stessi. Poi si affrettarono a recarsi in cucina per preparare il banchetto di Onam.

....

Esame di fine anno.

Sachin era seduto in veranda ad aspettare che suo figlio arrivasse dopo l'esame di fine anno. Quando iniziò a sonnecchiare lentamente a causa del forte sole pomeridiano, cominciò a sprofondare nei suoi ricordi d'infanzia.

L'esame di fine anno è finito. Non c'è più bisogno di ascoltare i rimproveri di nessuno, non c'è più bisogno di essere picchiati dall'insegnante, non c'è più bisogno di fare i compiti. Che piacere, wow! La mente di Sachin iniziò a saltare di gioia. Non appena tornò a casa da scuola, gettò il libro sul tavolo. A quel punto la madre era arrivata con il tè.

"Com'è andato l'esame?" chiese la madre.

"Non c'erano problemi, ora è tutto tranquillo. Devo giocare per qualche giorno". Sachin disse eccitato. Mentre beveva il tè, rispondeva ad alcune domande della madre. Poi è saltato nel cortile.

Dapprima si recò ai piedi dell'albero di mango che era cresciuto con molti rami che si estendevano lì. Lanciò delle pietre contro l'albero di mango e ottenne tre manghi acerbi che mangiò mordendo con i denti. Quando la sorella si avvicinò, ne diede uno anche a lei.

Sul lato nord di casa sua c'è un ampio parco giochi. Quando la scuola è chiusa, tutti i bambini vengono a giocare lì. Molti amici vengono lì a giocare ogni giorno. Sentendo il rumore dei piani per giocare un po' lì, è andato da loro.

"Ti stavamo cercando. Forza, andiamo a giocare a cricket". Qualcuno glielo ha detto a voce alta.

Nel frattempo, qualcuno prese il mango dalla sua mano. Il figlio di Januchechi, Jayan, è il più anziano del gruppo. È il leader che di solito gioca la partita. Per le sue qualità di leader o altro, la sua opinione sarà di solito approvata da tutti. Ha giocato con loro fino al tramonto. C'erano molte liti, combattimenti e rumori in corso. Dopo la fine della partita, tutti hanno iniziato a tornare alle loro case. Anche se era il crepuscolo, nessuno in casa disse nulla a Sachin.

La madre gridò dalla cucina: "Metti la lampada, vai a fare il bagno e canta Dio".

Dopo aver fatto un piccolo bagno, ha cantato alcune preghiere. Poi cominciò a pensare a Mayavi, Kuttusan, Luttapy, ecc. di cui si era dimenticato per alcuni giorni, poiché sua madre aveva nascosto quei libri a causa dell'esame. Così, prese le riviste per bambini, Balarama e Poompata, ecc. e si unì alla sorella minore che stava leggendo lì. L'esame era appena finito. Ora devo leggere tutte le favole, le storie di Mulla e le storie di Esopo. Trovò alcuni libri e lesse fino a quando non si addormentò. Dopo qualche giorno ha dormito profondamente.

Il mattino seguente, nel cortile orientale, un mazzo di fiori gialli di konna, come una sposa divina tutta beata che indossa tutti gli ornamenti d'oro, annuncia l'arrivo di Vishu. Quando si alzò al mattino e si sedette sul muretto del portico, improvvisamente rivolse la sua attenzione a quell'albero.

"Mamma, Vishu è qui vicino?".

"Non è Vishu la prossima settimana, non lo sai?". Risposta della madre.

Suo fratello e sua sorella non sono mai stati bocciati in nessuna classe. Inoltre, non voleva avere un fallimento. Così, ha studiato duramente senza prestare attenzione a nient'altro. Non appena seppe che si trattava di Vishu, si alzò, prese le monete che teneva sul tavolo e le contò. Dopo averla presa, uscì e chiamò Sasi.

"Dai Sasi, andiamo al negozio del nord a comprare i cracker".

Sasi, che studia in una classe inferiore alla sua, si adegua a qualsiasi cosa dica. Anche a casa sua non ci sono problemi. Entrambi sono andati al negozio a nord e hanno comprato un piccolo pacchetto di cracker e li hanno messi nel loro parco giochi e si sono divertiti.

Suo padre arrivò con un fascio di petardi il giorno prima di Vishu. Era un uomo coraggioso che aveva l'abitudine di accendere petardi tenendoli in mano e lanciarli per farli scoppiare. La sera, appena accesa la lampada, il pacchetto di cracker veniva scartato.

"Dite a tutti quelli che sono dentro di venire". Ordine del padre.

Suo padre non accende i fuochi d'artificio senza che mia madre esca dalla cucina, che è sempre occupata a preparare il Vishusadya (festa) ecc. Sentendo l'ordine del padre, tutti quelli che erano all'interno si avvicinarono alla soglia. Anche i bambini del quartiere venivano lì di corsa. Per mezz'ora tutti si sono divertiti ad accendere petardi, ecc. Anche sua madre accendeva il poothiri.

"Bambini, guardate la faccia di vostra madre quando accende il poothiri". Il padre si prendeva gioco della madre. A destra, il volto radioso di un tempo risplendeva di nuovo alla luce del poothiri. Suo padre si è divertito!

La madre va sempre a letto solo dopo aver preparato il vishukani (ciò che si vede per primo a Vishu) il giorno prima. Prima del tramonto aveva già raccolto un buon cetriolo kani nel cortile a sud.

Tutti i suoi amici, sotto la supervisione del leader Jayan, hanno preparato un piano per mostrare Vishukani al mattino presto in tutte le case. Sono tutti entusiasti. Anche Sachin voleva unirsi a loro. Ma il padre non lo lasciava andare. Andò a letto annoiato. E si addormentò improvvisamente. Stava per sorgere l'alba.

Kanikanum neram kamalanethrante

kanakakingini ...." (canzone legata al Signore Krishna))

I suoi amici portarono il kani e lo misero sulla loro veranda. Poi si sono allontanati cantando 'kanikanum neram........'. Si alzò di scatto per ascoltare la canzone. Su una sedia decorata c'è l'immagine di un Unni Kannan e una lampada accesa. Vide cetrioli, kasavu mundu e monete su un piatto. Come gli aveva detto sua madre, piegò le mani e pregò affinché tutti avessero tutte le virtù nel nuovo anno. Il padre mise nel piatto dieci rupie. Quando si guardò intorno, c'erano molti amici. Era Jayan a portare il vishukani. Andò con loro fino al cancello della casa e tornò indietro a malincuore. Vishukani era già stato mostrato da sua madre nel Brahma muhoortham stesso, svegliandoli nascondendo gli occhi. In seguito, anche gli altri petardi sono stati fatti scoppiare sotto la guida del fratello maggiore.

"Andate tutti a fare il bagno. Dopo di che il Vishukaineetam (il primo denaro dato ai bambini dagli anziani il giorno di Vishu) sarà dato a tutti voi", disse la Madre.

Quando arrivarono dopo aver fatto il bagno nell'ampio stagno sul lato sud, il padre dopo aver fatto il bagno si era già seduto sulla poltrona sul lato anteriore.

"Tutti vengono qui".

Quando udirono la voce del Padre, si avvicinarono a lui. A ciascuno di loro è stata consegnata una moneta da una rupia insieme a una banconota da 10 rupie......'

Sachin stava sognando nel sonno mentre aspettava che suo figlio Rahul uscisse da scuola. Ora si è svegliato dal sogno. Improvvisamente provò un senso di smarrimento. Che suo padre e sua madre non sono con lui oggi. Anche i 3 fratelli sono morti. Si sentiva deluso.

Se potessi festeggiare ancora una volta l'equinozio con loro e con gli amici, giocando, divertendomi, facendo scoppiare petardi, ecc. Un sussulto? Le lacrime gli caddero inconsapevolmente dagli occhi.

Il tempo non tornerà indietro. si calmò dopo un po'.

A quel punto sentì il rumore dello scuolabus. È l'ultimo giorno dell'esame di fine anno. Tutti gli esami del figlio sono terminati oggi. Appena Rahul entrò in casa, chiese a Sachin.

"Papà, l'esame è finito, mi sgridi se ora gioco con un videogioco? Ora sono molto felice".

"Non c'è niente di male nel giocare una partita. Dovreste anche prestare attenzione a studiare bene". Ha risposto così perché oggi i social media non possono essere ignorati nella nostra vita quotidiana. Continuò ancora,

"L'esame è finito. Vishu sta arrivando. Papà sta pensando se quest'anno dovremmo andare a casa del nonno e festeggiare lì con la famiglia di Cheriyacha. che ne dici?". Sachin ha espresso loro il suo desiderio e il suo amore.

"Non ci annoieremo, padre?". Suo figlio non è interessato dopo aver sentito questo

Sapendo dell'arrivo di Rahul dalla scuola, la moglie si è alzata dal suo pisolino pomeridiano e ha sentito la loro conversazione. Ha detto,

"Non c'è problema ad andare. Dovremmo andare il giorno prima e tornare il giorno stesso. Ci sono alcuni buoni programmi in TV, ma potremmo perderli, perché ti senti così, quest'anno?". La moglie ha espresso la sua sorpresa.

"Oh, niente. Mi è venuta voglia di farlo, non importa. Possiamo andare e tornare il giorno prima".

Quando sente le parole della moglie, dubita che anche la famiglia del fratello possa pensarla allo stesso modo. Il tempo è passato e il passato è passato. Anche se è difficile da accettare il cambiamento del tempo, è inevitabile. Si tranquillizzò pensando che la visione digitale in questo appartamento era già sufficiente e chiese al figlio i dettagli dell'esame. Poi è entrato con loro a bere il tè.

....

Un viaggio a Bangalore.

Stavo viaggiando con mia figlia sul treno per Bangalore. Non ci sono stati altri problemi perché avevo prenotato il posto in anticipo. C'erano persone in tutti i posti a sedere. Ho tenuto le borse sotto il sedile e sulla cuccetta e ho sospirato. Il treno che doveva arrivare alle cinque è arrivato con due ore di ritardo.

"La puntualità è necessaria non solo per le ferrovie, ma tutti noi dobbiamo essere in grado di farlo" Chi l'ha detto? L'attesa sulla banchina mi aveva annoiato. In ogni caso, non c'è un problema così grande per mia figlia. Era seduta sul sedile laterale e guardava il suo cellulare. Quindi, il treno fischiò e raggiunse la stazione successiva. Da lì, molte persone sono salite con fagotti e bagagli. Una donna si è avvicinata al mio posto di fronte. Un volto familiare in lei. Dopo un po' mi guardarono e chiesero.

"Mi conosci? Mi capisci?"

La conosco e l'ho vista anche in precedenza. Ma non ricordo il suo nome. Poi le ho chiesto,

"Sei la figlia di quel fratello che gestiva un negozio di razioni ad Alumparambu, ho dimenticato il suo nome".

"Sì, mi chiamo Jolly e mio padre è Giuseppe: dove stai andando?".

"Stiamo optando per una relazione di studio per mia figlia".

Così, entrambi abbiamo imparato a conoscerci. Eravamo compagni di scuola. Aveva studiato nella mia stessa scuola. Ora è un'insegnante di danza. È stato un piacere conoscerla. Gli anziani provano un grande piacere nel vedere le persone che erano con loro quando erano giovani. Questa felicità è indescrivibile.

"Conosce una mia amica attrice Santini? Lei giace in ospedale senza sentirsi bene, io ci vado. È in cura in un ospedale ayurvedico".

Conosco l'attrice Shantini e l'ho vista da giovane. All'inizio recitava in teatro. A quel tempo, il suo matrimonio non era ancora finito. Ho visto suo padre e sua madre andare con lei quando dovevano recitare. Si spostavano di fronte a casa nostra e all'epoca era conosciuta come "Kaitaram Shantini". In seguito ha recitato in film ed è diventata famosa. Si può dire che la vita familiare è quasi crollata quando si è innamorata di qualcuno che recitava con lei. In seguito si sono separati e hanno vissuto da soli, ma lei ha avuto molte opportunità nel cinema.

Il tempo passava e da allora non sapevo molto di loro, se non vederli occasionalmente nei film.

"Cosa c'è in lei? Recita nei film e guadagna molto?". Ho chiesto.

"Chi ha detto che ha i soldi? Quanto ha lottato per far sposare sua figlia. Ha persino preso in prestito dalle sue co-star. Dopo non poteva recitare di più".

Poi sono rimasto sorpreso. Le chiesi: "Dal giorno in cui l'ho vista, ha recitato in teatro, eppure non ha guadagnato nulla? Non ha guadagnato nulla anche se è stata a lungo nel teatro e nel cinema?".

"Se avesse avuto dei risparmi, avrebbe chiesto un prestito?", ha risposto Jolly.

Nonostante abbia recitato in film per molti anni, per quanto pensassi, non riuscivo a capire quale fosse il problema con lei per la sua povertà. Ha anche recitato come attrice protagonista in alcuni film

"Le donne sono sottopagate. Soprattutto alle attrici non protagoniste".

"Ma poi nel film bastano solo gli uomini". Mi sentivo arrabbiato.

Poi mia figlia, che stava ascoltando la nostra conversazione, non ha gradito il mio discorso. Si avvicinò a me e mi disse.

"Mamma, stai zitta. Non dite nulla di inutile. Altri stanno ascoltando. Non conosciamo la storia dell'industria cinematografica. Perché dovremmo parlare di cose che non conosciamo?".

Poi ho rimproverato mia figlia.

"Siamo vecchi amici di scuola, conosciamo questa attrice. Ecco perché ne stiamo parlando. Non abbiamo bisogno di conoscere i retroscena: ha dedicato la sua vita all'arte. Alla fine, non c'è nessuno che si prenda cura di lei e ha anche molti prestiti. Ecco perché l'ho detto. Non c'è nulla se non quello che è successo sullo sfondo".

Sentendo la conversazione tra noi, Jolly rise e parlò.

"Anche i miei figli non amano parlare con nessuno in questo modo". Ho riso anch'io e ho continuato a bassa voce,

"Tutti gli attori non dovrebbero essere ricompensati allo stesso modo? Se c'è solo un eroe, allora non ci sarà un film. Non avete bisogno di altri attori e attrici? Alcune persone sono capaci e agiscono con grande interesse. Si concorda. Ma i registi stessi dovrebbero impegnarsi al massimo per far sì che il film abbia successo e li porti ad ottenere enormi ricompense".

Così, mentre parlavamo di Santini a bassa voce temendo mia figlia, qualcuno che era vicino disse,

"Chiunque sia interessato può agire se non c'è da vergognarsi. Un inutile senso di moralità e di vergogna tiene lontano le persone di talento da tutto questo".

Ho pensato che potesse essere corretto. In passato si pensava che nel nostro Stato ci fossero pochissimi cantanti. Ora, quando tutti ne hanno la possibilità, ricordiamo il Vangelo che "il più grande viene dietro, non fermatelo".

Poi ho chiesto: "Riceve qualche aiuto dai registi?".

"Si sente dire che la loro organizzazione sta regalando qualcosa di piccolo. Ha detto.

Purtroppo, alcune persone che hanno recitato per cinque o dieci anni guadagnano molto e fanno anche beneficenza con i loro guadagni in eccesso. Potrebbe anche ricevere una sorta di generosità da parte loro.

"Non si dovrebbe porre fine all'ampio divario tra l'attore principale e gli altri? Il settore stesso dovrebbe pensarci. Se la sceneggiatura, la regia e il trucco sono buoni, il film avrà successo. Se c'è un bravo attore, sarà un po' meglio. Perché questi attori principali non recitano in film scadenti? Allora il loro pubblico li abbandonerà. Il loro successo dipende dalla qualità del film.

Ho rivelato le disparità che prevalgono nel settore, come mi risulta. L'industria stessa li sta rendendo delle celebrità per la sua promozione. Poiché Jolly è un insegnante di danza, i due sono molto amici. Ecco perché è interessata a discutere di tutti questi argomenti.

"Se il film è buono nel suo complesso, il pieno merito sarà degli attori, soprattutto dell'attore principale. Sono quelli che il popolo vede direttamente. I poveri spettatori non conoscono coloro che hanno lavorato dietro le quinte".

"Questo significa che gli eroi sono fortunati?".

"Sì, è lo stesso. Gli attori principali guadagnano sull'ignoranza del pubblico. Anche gli scrittori creativi vedono la luce attraverso di loro. Non è vero?"

"Non potrebbe essere questo il motivo per cui viene chiamato stato illuminato? Ho detto loro con ironia. Poi ha continuato,

"Lascia perdere, come sta ora?".

". Ora che va avanti così, ci vorrà molto tempo per migliorare. Alla fine dovrà vendere la casa per andarsene".

Quando l'ho saputo, mi sono sentito molto triste. Ho parlato.

"Questa disparità nell'industria cinematografica dovrebbe finire. Dovrebbe esserci un limite alla retribuzione degli eroi e delle co-protagoniste. Tutti fanno lo stesso lavoro. Come il capo in un ufficio, non c'è responsabilità per il lavoro dei colleghi".

Così, quando la nostra discussione si è fatta intensa, il treno ha raggiunto Palakkad.

Quando l'amica, emozionata, le ha teso la mano e l'ha salutata, la figlia ha ripreso la scena con il cellulare. Poi hanno preso i loro bagagli e sono scesi alla stazione. A quel punto, il ragazzo del tè sul treno arrivò con il tè. Ognuno di noi ha comprato del tè e lo ha bevuto. La processione di questi tea-boys avviene quando non c'è spazio per stare in piedi nello scompartimento generale. Spesso ho pensato che non fosse sufficiente farli entrare almeno tra una mezz'ora. Se vediamo alcune persone, sembra che salgano sul treno solo per mangiare.

Diversi passeggeri si stavano imbarcando da Palakkad. Un'altra persona si è avvicinata al suo posto. Se la conosciamo, possiamo capire molte altre storie. Il treno ha iniziato a muoversi lentamente.

....

Una chiacchierata.

"Non sapevi che il matrimonio della figlia del nostro Balan è stato fissato?", chiese Santhamma a mia madre dal cortile della cucina.

Mia madre e questa Santhamma sono amiche da anni. Il marito di Santhamma, Shankunni, non va regolarmente al lavoro. Si guadagnavano da vivere allevando mucche e altre cose. Quando sono diventati vecchi, hanno smesso di allevare mucche dopo aver sposato le loro due figlie. Tuttavia, era solita parlare con mia madre di tutte le novità. Anche mia madre Leela era molto ansiosa di ascoltare le parole di Santhamma.

"Oh beh. Quanto ha lottato per vivere. Ora sta iniziando a fuggire. È stato a lungo nel Golfo, vero?

"Esatto", Santhamma scosse la testa. La madre ha continuato.

"Entrambe le ragazze sono belle da vedere. Hanno un buon carattere e una buona educazione. Piaceranno a tutti. Sapevo che lo stavano pianificando. Comunque, è buono. Dove sposeranno il loro bambino?".

La madre è ansiosa. Il viso si è allargato come un fiore.

"Si dice che il ragazzo lavori nel settore informatico. Sua figlia ha conseguito un MBA".

Santhamma le stava raccontando tutti i dettagli che conosceva. Nonostante l'età, mia madre e lei non hanno grossi problemi di salute. All'improvviso mi ricordai della scena in cui un giorno Santhamma venne a raccontarle delle nozze di Baletan, quando studiavo in quarta classe a scuola o qualcosa del genere.

Un pomeriggio, la madre era seduta appoggiata al muro della veranda sul lato ovest della casa e stava riposando. Sul suo volto c'è sempre un sorriso, nascosto solo quando dorme. Ciò che la rende cara a tutti è il sorriso sul suo volto. In quel momento, Santhamma venne a legare la capra nel campo. È giovane. Ogni tanto viene qui nel tempo libero a chiacchierare con mia madre. Si sedette sulla veranda mettendo le gambe in cortile con la madre.

"Balan, il figlio del nostro janakichechi, è arrivato ora dal Golfo. Si dice che stia cercando una ragazza da sposare". Santhamma iniziò a parlare. Anche la madre era desiderosa di conoscere la sua storia di oggi.

Santhamma ha molte galline e capre e il suo compito è quello di allevarle. Andava qua e là per i campi con le sue capre per dar loro da mangiare. Non lascerà nessuno al suo cospetto senza parlare. Mentre dà da mangiare alle capre, abbraccia tutti quelli che passano e parla con loro. Il compito di trasmettere tutte le informazioni ottenute a mia madre senza lasciare traccia continuava senza ordini particolari da parte di nessuno. Mamma aveva molti affetti speciali per le sue pecore ed era sua abitudine prendere e conservare bucce di frutta ecc. per darle. Santhamma era piuttosto grassa e alta, con i capelli neri e ricci. L'estremità della parte anteriore della camicetta si vedeva sempre aperta senza usare una spilla da balia.

"Cosa c'è, non ci sono due ragazze? Perché cercano di sposare lui prima di loro?", la madre ha condiviso la sua preoccupazione.

"Vogliono vederlo sposarsi. Dicono: "Le ragazze hanno studiato bene, lasciatele trovare un lavoro". Cosa possiamo dire? È corretto. Lasciate che le ragazze trovino i loro mezzi di sostentamento per vivere secondo la loro volontà. I vicini dicono che ora Januchechi è molto orgoglioso del suo arrivo".

Nel frattempo, la Madre le porge il vaso di betel. Dopo aver masticato il betel e parlato per un po', se ne andò. Santhamma deve venire da mia madre per trascorrere con gioia il suo tempo libero.

Erano passati due anni da quando Balan era andato nel Golfo. Sebbene avesse superato il prelaurea, alla morte del padre dovette interrompere gli studi e lavorare nel negozio dello zio. Era un periodo in cui la gente comune iniziava a guadagnare denaro recandosi in Persia. È così che Balan ha iniziato a sentire il desiderio del Golfo. Un giorno disse a sua madre.

"Mamma, non c'è nessun guadagno ad andare in questo negozio e a lavorare. Al momento non c'è alcuna possibilità di ottenere un lavoro statale. Sto pensando di andare in Persia... ci vado? Come farò a guadagnare?

Se andiamo a Makkah, otterremo una manciata d'oro, ma dobbiamo andare a Makka": questa era la sua sensazione interiore. Tuttavia, ha dato al figlio il suo pieno appoggio.

"Quindi, se avete questo destino, non posso fermarvi. Vai a trovare il Gulfkaran (soprannome di un Pravasi) che hai menzionato e chiedigli se può provvedere a ottenere un visto".

Così, anche quella madre e suo figlio hanno conosciuto un agente attraverso il Gulfkaran. Era una frode. Senza rendersene conto, presero in prestito tutti i soldi per andare nel Golfo e andarono a Bombay.

"Janakichechi mandò suo figlio in Persia servendo in casa di quel Gulfkaran".

Quando Santhamma andò a prendere l'acqua per il porridge delle capre, lo disse in segreto alla madre. La madre di Baletan lo aveva già detto a mia madre e sapeva tutto. Quindi, la conversazione non è durata a lungo. Presto Balan si recò nel Golfo. Santhamma frequenta regolarmente la casa dei Baleton e anche qui.

"Ho detto a Janakichechi che, come la nostra Devassi, dovrebbe cercare di abbattere la casa, ricostruirla e organizzare i matrimoni per i suoi figli".

Si vanta di aver insegnato a Janakichechi a spendere i soldi. È a causa di queste discussioni inutili che non ha potuto guadagnare molto. Quel pover'uomo vagò a Bombay per circa un mese. Poi seguì il Gulfkaran e in qualche modo lo raggiunse.

È andato nel Golfo sognando un alto stipendio e un buon tenore di vita. Ma ha dovuto raggiungere una piccola azienda in cima a una montagna con un salario basso. Purtroppo, ha dovuto lavorare anche sotto il calore del sole. Poi ha biasimato la decisione di andarci. Tuttavia, c'è stato un po' di sollievo. In ogni caso, non doveva tornare da Bombay. Così, la sua misera vita da espatriato è iniziata lì.

Ogni mese inviava del denaro, che sarebbe stato sufficiente per pagare il debito e le spese quotidiane. La mamma aspettava l'arrivo del postino per ricevere una lettera. Se c'è una raccomandata, il postino sarà molto contento. Sa che sarà un assegno. Nella sua felicità, darà qualcosa al postino. In questo modo, comunque, ha completato due anni. Ora Santhamma le racconta del suo ritorno sedendosi in veranda con lei.

Ha preso in prestito dell'oro e del denaro da uno dei suoi amici. Quando scrive una lettera al figlio, gli ricorda sempre il suo matrimonio. Così, un giorno un'auto passò davanti a casa sua e lui ne scese con un bagaglio di vestiti, materiale per il trucco, un registratore, ecc. Mia madre fu la prima a vederlo.

"Balan è venuto a mettere due scatole legate sul tetto della macchina", disse la madre a tutti i presenti.

Il giorno dopo, quando Santhamma andò a trovarlo, le fu dato un sapone straniero. anche lei sentì i dettagli del golfo. Allora lì era come un festival. Chi entrava lì, apriva e mostrava la scatola che era stata portata. Entrambe le ragazze hanno iniziato ad andare al tempio indossando sari stranieri. Le canzoni hindi scorrevano dal registratore, mentre Janakichechi era sempre impegnato. Nel frattempo è iniziata anche la ricerca di una ragazza.

Tutti iniziarono a guardare Balan con grande ammirazione. Perché il Golfo è diventato un luogo di guadagno per tutti, soprattutto per i lavoratori non qualificati. Il figlio di Eusep, Devassi, disoccupato, senza istruzione e senza soldi, è andato nel Golfo per guadagnare soldi come scalpellino. Riuscì a guadagnare molto e sposò sua sorella Annie con un uomo ricco. Demolì la sua vecchia casa di due stanze e ne costruì una grande. Dopo qualche tempo, acquistò il terreno intorno alla casa e lo aggiunse all'abitazione. Ha anche sposato una bella ragazza. Sebbene il Golfo fosse un luogo per fare soldi, richiedeva anche fortuna. Tutti coloro che si recano nel Golfo non hanno la stessa fortuna.

Anche se Balan non aveva molti risparmi, l'orgoglio non gli mancava. Lo zio gli propose di sposare la figlia di un uomo ricco. Anche se non aveva soldi, era bello e di buon carattere, quindi piaceva molto. Pertanto, quel matrimonio è stato condotto con denaro preso in prestito. Dopo il matrimonio è tornato nel Golfo.

In seguito è stato un "matrimonio di carta" per circa un anno. A quei tempi i telefoni erano molto rari. All'inizio, persone come Balan erano andate a creare l'abisso che si vede oggi. La generazione di oggi lo sta vivendo e sperimentando.

Così, pur continuando a svolgere quel lavoro, si rese conto che lo stipendio che percepiva non sarebbe stato nulla e si mise a lavorare per conto suo senza autorizzazione. Mentre lo faceva, la polizia lo ha catturato e si dice che sia tornato a casa con la sua fortuna. Qualcuno che era con lui nel Golfo ha raccontato queste informazioni. Santhamma lo disse segretamente a mia madre e si chiese se avesse perso il suo lavoro.

"Leeledathi, anche se un gatto torna a casa, avrà fortuna, non è vero? "La madre divenne indifferente senza dare alcuna risposta.

In seguito, la vita dei suoi fratelli è cambiata completamente. Se perdiamo qualcosa all'esterno, non reagiamo con nostra madre a casa? A quel punto Balan si isolò dalla famiglia e iniziò a vivere badando solo ai suoi affari. Ha esitato a tornare al suo vecchio lavoro e ha provato molti altri lavori. Nel frattempo sono nate anche due figlie. Grazie alla fortuna di quei bambini, ottenne un piccolo lavoro a tempo indeterminato dalla Commissione per i Servizi Pubblici, ottenendo così un po' di sollievo per le sue sofferenze. Ha insegnato bene ai suoi figli. Ora il maggiore ha ricevuto una proposta di matrimonio.

Quando l'amore e le cure di Balan cominciarono a venire meno, la vita di sua madre e dei suoi fratelli divenne infelice, andando in una direzione diversa. È diventata una storia diversa,

Ora Santhamma è ancora in piedi nel cortile.

"Non stare lì e vieni dentro". La madre la invita a sedersi.

"Cosa viene dato alla ragazza come dote?". La madre aveva fretta di saperlo.

"Non hanno chiesto nulla. Ho sentito dire che ci sono 30 Pawan in mano. Anche se era tardi, ha ottenuto un lavoro governativo ed è fuggito. Ma la vita è molto difficile per gli altri bambini e per Janakichechi". Dopo aver detto questo, Santhamma stava per ripartire.

"Non andare, prendiamo un bicchiere di tè". La madre insistette ancora. Lei accettò e salì sulla veranda.

....

Una compiacenza diversa.

Ramettan cammina lentamente lungo il lato della risaia che termina in un sentiero. Se camminiamo un po' lungo quel sentiero, raggiungeremo una grande casa. Non appena vi giunse a piedi, cominciò ad agitarsi, allungò le gambe e camminò velocemente. Calpestando l'acciottolato, raggiunse il cancello di quella grande casa. È diventato molto felice di arrivare lì. È la casa della sorella minore Vimala. Non c'è nessuno nel portico. L'atmosfera è un po' vuota. Su una stuoia, il risone sta essiccando nel cortile. Premette il dito sulla fattura della chiamata.

Anche se era la casa di sua sorella, non veniva qui da molto tempo. Ora è venuto per invitare al matrimonio il figlio. È un giorno di festa, quindi è venuto oggi pensando che tutti fossero a casa. Poiché la sorella e il marito sono impiegati, nei giorni feriali non vede nessuno. Entrambi i bambini andranno a studiare.

"Ah, Rametta, vieni a sederti". Il marito di Vimala, Vishwam, aprì la porta e lo invitò amorevolmente. Ramanadhan è suo cognato e sembra che si aspettasse un simile arrivo. Prese l'acqua dal kindi (una pentola) posto sul portico, si lavò i piedi ed entrò.

"Sei stanco di camminare?". Non appena Vimala lo vide, si informò sul suo stato di salute. Si sentiva molto felice di vederlo.

"Mentre camminavo lungo il campo con una piacevole brezza, non mi sentivo stanco". Ha parlato.

Poi Vimala andò in cucina e tornò con il tè. Inoltre, anche i suoi due figli si sono avvicinati e hanno iniziato a parlare. Erano felicissimi di vedere lo zio. Mentre condividevano le loro vicende familiari e discutevano dei dettagli del matrimonio, Vimala si alzò e andò in cucina. Ha portato un grosso mango dopo averlo tagliato a pezzi. Era molto dolce e grande come una noce di cocco e tutti hanno apprezzato la sua dolcezza.

"Non era necessario venire qui per invitarci, anche se non foste venuti, ci saremmo stati".

Sentendo queste parole di Viswam, pensò: "Se non lo dico ora, la sua reazione potrebbe essere diversa". Comunque, ha risposto,

"Oh, non importa".

Dopo aver preso il tè e aver invitato, Rametan scese in cortile e osservò la casa e i dintorni. Vi ha visto un giardino di noci di areca, il fienile, la stalla, ecc. Anche Vishwam e i suoi figli si sono uniti a lui. Diversi tipi di verdure come tapioca, banana, albero di mango, albero di jackfruit e gombo hanno reso verde l'intero campo. Una casa agiata e antica. Tutti questi sono il risultato degli sforzi dei suoi antenati. Ma non sentite un vuoto da qualche parte? È la soddisfazione e la gioia di una donna che diventa la luce di ogni casa", pensò tra sé e sé. Quando si alzò per andarsene dopo essersi riposato, Vimala disse.

"Andiamo domani, fratello, è passato un po' di tempo da qui, no?". Anche Vishwam l'ha sostenuta.

In ogni caso, sono venuto qui solo dopo molto tempo. Ora sono stanco di andare in molte case. Pertanto, è meglio rimanere qui oggi. Poi disse,

"Ci sono altri posti in cui devo andare. Ma se questo è il vostro desiderio, beh, che sia così".

Quando Vimala lo sentì, divenne molto eccitata. È il fratello maggiore che ha il compito di proteggerla. Ma ha un marito che non dà a lei e ai suoi figli la possibilità di ricevere quella protezione e quell'amore.

Essendo felice di avere lì il fratello maggiore, si preparò rapidamente a cambiargli il vestito e a preparare il letto per il riposo. Quando tutte le faccende domestiche furono terminate, lei arrivò da sola e gli chiese di sua madre e dei dettagli della casa. In seguito, ha iniziato a esternare le sue lamentele e le sue frustrazioni. Ascoltava tutto con indifferenza perché sapeva già tutto di lui. Viswam è sempre così e non è cambiato. Nessuno gli parlerà delle sue lamentele. Non c'è motivo di parlare.

Era sera. Poi tutti si sono seduti a guardare la TV e a parlare di cose locali per un po'. Vishwam ha parlato soprattutto delle difficoltà dell'agricoltura. Tra una cosa e l'altra, ha menzionato anche la disobbedienza di Vimala. Ramettan non fece finta di sentirlo. Presto tutti hanno cenato e sono andati a dormire nei rispettivi posti. In quel momento Ramettan e Vishwam erano seduti su quel divano per un po' e cominciarono a parlare delle loro vecchie questioni.

Dopo un po', Vishwam si alzò e andò in cucina. Poi è rimasto seduto da solo per un po' a guardare e ad ascoltare la loro vita. Poi cominciò a pensare. Quanto era intelligente sua sorella Vimala? Si è occupata soprattutto di attività sociali e culturali. Ha studiato bene e ha trovato un lavoro, ma il problema è che il compagno che ha trovato è una persona senza alcuna virtù. Ama solo i suoi beni e ha solo i suoi gusti nella vita. Come una vita meccanica, non ha alcun interesse per questioni esterne come l'arte, la letteratura, ecc. È sua opinione che tutti gli artisti siano affamati. Ma entrambi i bambini sono di buon carattere e gli sono obbedienti. Essendo cresciuti vedendo la sua natura rigida, accettano i suoi ordini senza alcuna esitazione.

Così, pensando a tutte queste cose, si sdraiò su quel divano e cadde lentamente in uno stato di torpore. Durante il suo torpore, le immagini di Viswam e Vimala cominciarono a balenare nella sua mente......

Sta controllando la cucina. Sono le 22.15. È sempre così. La sua casa. Non dovrebbe tenerlo? E se la moglie diventa negligente?

Anche il biglietto dell'autobus, che aveva preso durante gli studi, è rimasto a lungo accatastato sulla scrivania. Viswam è esperto di riparazioni elettriche e la sua casa è piena di apparecchiature elettriche inutili. Anche se qualcuno viene a prenderli, non li dà. Conserva ogni cosa considerata preziosa come l'oro. Ha bisogno di tutto. Se arrivano dei mendicanti, non esita nemmeno a scacciarli. È sua abitudine tenere le finestre e le porte di casa sempre chiuse in modo sicuro.

Se abbiamo soldi, possiamo vivere. Al giorno d'oggi, non c'è nulla di grandioso nel parlare di moralità". Questo è il suo principio di vita e, senza dirlo ad alta voce, cerca di insegnarlo anche ai suoi figli. Ha la capacità speciale di tenere i bambini vicino a sé, tenendo a distanza i parenti di lei. Vimala è esattamente l'opposto e non ama nessuna delle sue abitudini o pratiche.

"Perché non date cose inutili se ci sono persone che ne hanno bisogno?". Le chiese una volta.

"Qui nessuno chiederà nulla. Anche se viene qualcuno, non glielo darà. Poi dirà così: "Non voglio dare da mangiare a nessuno". Non ho fatto un piano per sfamare tutti. Se non hanno nulla, è il loro destino. Di cosa ho bisogno per questo? Voglio godere di ciò che Dio mi ha dato. Non lo darò a nessuno". Cosa posso fare allora?".

Dopo aver ascoltato la sua risposta, non disse altro. Ha anche un lavoro con un buon stipendio mensile, si reca al lavoro puntualmente e affronta le spese necessarie con il reddito che riceve. È severo in tutte le questioni. Poiché il padre non ha un lavoro, è lui a doversi occupare dei genitori e dei fratelli. È molto desideroso di spendere per la famiglia senza che la moglie lo sappia. Si può dire che non ha un mondo al di fuori della sua casa.

"Non voglio niente da nessuno e nessuno deve aspettarsi niente da me". Questa è l'altra sua politica. Non vuole che nessuno, a parte la sua famiglia, venga in quella casa, soprattutto chi ha bisogno di aiuto. Ecco perché i membri della sua famiglia non vengono spesso qui.

Vimala è fortunata perché ha un lavoro e un reddito. Si occupa soprattutto di tutte le spese domestiche. Se vuole usare qualcosa secondo le sue preferenze, deve comprarlo lei stessa. Come un gatto bendato che beve il latte, dopo aver utilizzato tutti i suoi risparmi in qualsiasi modo, egli dirà senza alcuna reticenza: "Ti ho chiesto qualcosa dei tuoi soldi?".

È vero, se lei chiede dei soldi da spendere dopo avergli dato il suo stipendio, lui li butta via con rabbia. Così, ha iniziato a spendere se stessa. Dopo aver goduto di tutti i suoi risparmi, lui si comporta con lei in modo tale da dire: "Non hai nulla qui, tutto è mio"; essendo arrogante, lei non può dire nulla contro di lui. La sua natura è sfruttata soprattutto dalla sorella e dal marito che lo amano. Povera, sorella mia! Come fa a soffrire tutto questo? Quale sarebbe stata la sua vita se non avesse avuto alcun reddito?

Anche se a casa è così, fuori è decente. Non parla molto ed è una persona cattiva quando si arrabbia. Molte persone che lo conoscono da vicino hanno paura di lui. Se ci si pensa, è vero. Le parole di chi non parla non sono forse molto più potenti?".

Così, pensando a lui uno per uno, mentre sonnecchiava sul divano Vimala si avvicinò a lui e bussò delicatamente. Si alzò improvvisamente dal suo sonno.

Vishwam controllò più volte le porte e il cancello e andò a dormire dopo aver garantito la sicurezza. Sta conservando tutto senza alcuno scopo. Non è noto il motivo di questa situazione. Quanto a Vimala, vive la sua vita facendo le sue cose senza prestare alcuna attenzione. Si prende cura dei suoi "beni" e raggiunge la soddisfazione di sé! Fortunatamente, anche se non dà soddisfazione alla moglie, è attento ai figli e molto soddisfatto di sé. Diverse espressioni di soddisfazione!

Vimala aveva già preparato le strutture per dormire nel soggiorno. Un bellissimo lenzuolo. Acqua in una brocca per bere. Tutti i servizi sono disponibili. prese un bicchiere d'acqua e bevve. Poi si è addormentato.

Nonostante ci sia tutto, la vita era solo noiosa perché non sapeva come comportarsi correttamente. Chi può consigliare Vishwam? Si girò, si tirò addosso la coperta e si mise a dormire ripensando al destino della sua amata sorella che cerca di trovare soddisfazione nel giardinaggio, ecc. e di suo marito che trova soddisfazione nel suo egoismo e nel suo ego.

....

Intercity.

Athirakutty è la figlia minore di Raghavan Kaimal e Meenakshi Amma. Dopo aver completato il suo corso di studi al Maharajas College, mentre Athira rimaneva a casa, i suoi genitori si impegnarono per farla sposare e iniziarono a cercare proposte di matrimonio. Dopo aver visitato il sito matrimoniale e aver registrato il profilo, suo padre ha iniziato a controllare il sito per trovare un buon sposo. Fu allora che un giorno sua madre le disse che qualcuno stava venendo a trovarla. Quando lo sentì, si preoccupò molto e andò da sua madre e le disse.

"Mamma, solo dopo aver trovato un lavoro sarò pronta per il matrimonio. Non pensare a nulla ora".

"Voglio fare un corso di formazione per un esame in banca. Devo trovare un lavoro. Come posso vivere senza un lavoro in questo momento, mamma?", disse ancora.

La madre non aveva obiezioni alla sua opinione. Ha parlato.

"Ok, hai bisogno di un lavoro. Nel frattempo, se si presenta qualche buona proposta, allora si può fare. Ora vai a fare il coach".

"Mamma, nessuno vuole vedermi adesso", disse ancora.

In seguito andò da suo padre e insistette. Pertanto, l'idea si è fermata lì. Ha ragione. Invece di chiedere la dote in passato, ora anche le famiglie povere cercano ragazze che abbiano un lavoro e un reddito.

Ad ogni modo, Athira ha iniziato ad andare a fare il coaching in banca. In seguito, avendo superato il test bancario con un punteggio elevato, è stata selezionata come assistente manager ed è entrata a far parte della filiale della Bank of Baroda a Palakkad. Fu lì che incontrò Sreenath, il vicino di casa di sua madre, come suo subordinato. Era il figlio di Rajalakshmi della Sreenilayam, la casa sul lato sud.

"Buongiorno, signora, non mi conosce?".

"Oh, lo so. Non sei di Sreenilayam? E i vostri genitori? Così, hanno rinnovato la loro conoscenza.

Pur conoscendosi, non si erano mai parlati fino ad oggi. C'è una piccola malizia di Dio che ha permesso ad Athira di diventare il superiore di Sreenadh. Che cos'è? Torniamo all'infanzia di Athira per scoprirlo.

Studia alla scuola LP. Durante le vacanze scolastiche, Athira sarà a casa della madre. Vi abitano una nonna, uno zio, una zia e i loro figli. Dopo le vacanze, torna solo all'apertura della scuola. Passa tutto il giorno a giocare con i figli dello zio e a camminare dietro la nonna. La sera, tutti raccontano storie, cantano canzoni, ecc. Dorme nella stanza sul lato sud della casa. La nonna sarebbe stata con lei per tutte le loro marachelle. Gli zii dicono che la nonna ha il doppio delle energie quando raggiunge Athiramol. Quei giorni con la nonna sono un tesoro di ricordi.

Se si apre la finestra dalla camera da letto mentre sono sdraiati sul letto, si può vedere il Sreenilayam, la casa di Sreenadh a sud. All'alba nessuno in casa si sveglia, tranne la nonna. Poi la luce della cucina di quella casa a sud inizierà a filtrare attraverso il vetro della finestra della stanza. Se ci si sdraia e si presta attenzione, si può sentire il suono del bagno. A volte sentono la voce della madre che dice: "Fai il bagno, bambino" e "Non agitate l'acqua dello stagno, bambini". Nella zona della cucina c'è un grande stagno per il bagno dei bambini. È circondato da un terreno sabbioso e setoso e l'acqua è verde con piccoli muschi.

Appena la madre Rajalakshmi si alza, va per prima allo stagno. Dopo aver fatto il bagno, essersi cambiata e aver bagnato i vestiti sporchi con il sapone, entra in casa. Non entra in cucina senza aver fatto il bagno. Ogni mattina inizia con il bagno dei bambini e del marito. Quando arriva il giorno, tutti, tranne la nonna, sono "freschi di giardino" e la cameriera viene a lavare tutti i vestiti inzuppati. Bagni, Thevaram, Sandhyavandanam e Murajapa (rituali) fanno parte della loro routine quotidiana.

Prima dell'alba, il piacere di fare un bagno nel laghetto in quell'atmosfera piacevole è diverso. Il suono del loro bagno e alcuni "suoni di kalapilas" spesso svegliano Athira al mattino. Quando si alza e si siede sulla veranda a est, si vede Sreenath, il figlio maggiore di quella casa, che si reca al tempio lungo la strada di fronte alla casa con un piccolo secchio di acciaio pieno di fiori. A volte è accompagnato dal fratello Harish e a volte dalla sorella Shobha. Allora saranno quasi le sei. I tre camminavano guardando in basso senza lasciar parlare nessuno. La zia lo chiama segretamente "Keezhottunokki" (colui che guarda in basso). È un piacere per lei vederli camminare verso il tempio in quella mattina presto.

Questa sreenilayam è una grande e antica casa degli antenati. La nonna di Sreenath, la madre della nonna e sua sorella e anche uno zio vivevano lì molti anni fa. All'epoca, in cucina c'era un giovane di nome Raman Nair che preparava il cibo per loro. Era molto bello e qualsiasi donna lo avrebbe guardato. Aveva un petto ben sviluppato, un corpo pieno con un'altezza sufficiente e un linguaggio molto umile. Aveva anche un'abilità speciale nel preparare cibi deliziosi. Dopo averlo osservato, la sorella minore della nonna, Malathikutty, si innamorò del cuoco. La commozione è stata indescrivibile quando si è saputo della relazione e il cuoco è stato immediatamente mandato via. La nonna iniziò a consigliare l'amata sorella.

"Sposare una soodran? Shiva Shiva! Casta, qual è il suo lavoro, cosa c'è nella sua casa? Lascia perdere anche questo, conosce il murajapam o il Thevaram, ecc. Che cosa è stato detto ai Soodra di fare, lo sai, bambina? Qual è il lavoro del loro clan? Il bambino dovrebbe dimenticarlo".

La casta non era un problema per loro. È un cuoco povero e non ha soldi. Come possono tollerare tutto questo? Malathikutty è ormai disperata e non ha né bagno, né cibo, né sonno. Passa sempre il suo tempo a poltrire e a sdraiarsi in cucina e a Patthayapura. Hanno fatto di tutto per rompere questa relazione. Ma per Malathikutty non c'è stato alcun cambiamento. Infine, ha detto.

"Ok, non voglio sposarmi, ma non costringetemi a risposarmi".

E così, i mesi sono andati avanti. Il cuoco, dopo essere passato da lì, ha avviato una drogheria. Tutti pensavano che il capitolo fosse chiuso. Malathikutty iniziò ad andare al tempio come al solito. Ma era un altro inizio. Lui sarebbe venuto quando lei sarebbe andata al tempio. Hanno ricominciato a frequentarsi. Alla fine, un giorno, è scesa con lui. Questa è la storia della sorella della nonna. In seguito vi giunsero solo quando morì la nonna. Anche lo zio e la sua famiglia erano andati a casa della moglie.

La nonna di Sreekuttan è una donna anziana con i capelli come un batuffolo di cotone. Il marito è morto prima. Il suo abbigliamento abituale è una rauka (camicetta) bianca e un piccolo mundu. Ha tre figli. La figlia maggiore vive a Vadakara. La seconda figlia Rajalakshmi, il marito e i figli sono con lei. Il marito di Rajalakshmi lavora presso l'Alta Corte. I loro figli sono Sreekuttan, Harikutan e Shobha.

Athira ha ancora l'acquolina in bocca quando ricorda che durante la stagione dei manghi raccoglieva i manghi dal cortile a sud della loro casa, li metteva nei vestiti, aggiungeva il sale e li mangiava tutti. Se qualcuno si reca lì, si può notare che ovunque ci sono alberi, piante e fiori, e si può anche sentire la benedizione di Dio con la presenza di persone nobili e puntuali. Se anche i figli della figlia maggiore arrivano nel periodo delle vacanze scolastiche, allora si fa una grande festa.

Quando la nonna si reca di solito al Sreenilayam, non entra direttamente e si dirige verso la veranda ovest passando dal lato sud. Quando c'era lei, venivano anche gli addetti ai lavori. Poi, seduti sulla veranda, avrebbero iniziato a parlare. Se vedranno Athira, diranno,

"Questa bambina non è forse figlia di Saraswati? Stessa faccia". Poi scuote la testa.

Poi le verranno portati dei dolci e le verranno dati. Athira si sedeva con la nonna per qualche tempo ad ascoltare la sua storia. Poi raccoglieva le foglie, raccoglieva i manghi, raccoglieva le mentine dalle siepi e tutto ciò che poteva fare in giardino.

È un bel cortile ampio e sabbioso. Vuole correre e giocare in giardino, ma non c'è nessuno che la accompagni. I bambini non scendono a giocare con lei. Interagiscono con chi arriva dall'esterno fermandolo nel cortile. Se anche loro scendessero in cortile, sarebbe divertente giocare! Ma si avvicinano alla porta e restano lì a fissarla. Lakshmana Rekha! In passato, erano i familiari della nonna a lavare i panni. Ecco perché si comportano così. Le è stato detto dalla nonna quando ha chiesto informazioni in merito. Tornavano felici dopo aver comprato alcuni regali, come mango o jack fruit, ecc. che la madre le dava per portarli a casa.

Così, l'infanzia di Athira fu un periodo in cui Sreekuttan e la sua famiglia furono trattati con grande rispetto da tutti. In seguito, quando ha frequentato le scuole superiori e l'università, non è andata a casa della madre per rimanere.

Nel frattempo, Sreekuttan ha studiato e superato il suo MBA. Ha trovato lavoro presso la Palakkad Bank. Va sempre in treno da Thrissur a Palakkad. Gli abbonamenti sono stati presi da lui. La madre preparerà tutto il cibo al mattino e glielo darà in una scatola tiffin. Anche se la nonna è anziana, non ha perso la serietà. È ancora lei a occuparsi dell'amministrazione domestica e, quando il sole tramonta, pulisce e lucida i lampadari per illuminarli.

Sreekuttan va ancora al tempio al mattino. Nei giorni in cui non ci va, la madre gli permette di uscire di casa solo dopo aver pregato nella sala della puja. Quando il treno arriva a Thrissur, molte persone scendono. Allora avranno sicuramente un posto a sedere. C'è sempre un grande gruppo che va a lavorare su questo treno insieme a lui. Nella maggior parte dei casi occuperanno tutti lo stesso scomparto.

Ora non è più quel Keezhottunoki Sreenadh che avevamo incontrato finora durante il viaggio! Parlano tutti con battute e scoppi di risa. Qui si discute di tutto ciò che è sotto il sole, comprese le questioni di ufficio, le notizie di tendenza, ecc. Una volta arrivato il treno Shornur, il mondo è solo loro.

È molto bello vedere alcuni degli ufficiali di quel gruppo portare la colazione mattutina confezionata e consumarla seduti faccia a faccia sul treno, condividendo le notizie. Maria Fernandes è una di loro. Viene sempre dopo aver fatto colazione. Ma tiene sempre un pacchetto in mano. Tutti lo prenderanno e lo mangeranno. Non è sposata e lavora nel dipartimento dell'autorità idrica. Buona eloquenza. Ha una conoscenza di qualsiasi cosa. La sua carnagione dorata, gli occhiali tondi, i capelli lunghi, il corpo morbido come un fiore e soprattutto la sua conoscenza la rendevano la beniamina del gruppo. Sreekuttan e lei sono buoni amici. Anche dopo essere scesi dal treno, entrambi devono andare nella stessa direzione. Così, sono diventati eterni compagni. È sua abitudine tenere il posto a Maria o trovare un posto accanto a lui quando lei è lontana. Ora, senza di lei, non si diverte e si annoia.

Dopo qualche tempo, entrambi si innamorarono profondamente. Rendendosi conto della profondità del flusso d'amore nella loro snehathoni (barca dell'amore), decisero finalmente di sposarsi.

Maria non ha incontrato grandi opposizioni in casa sua. Ma se parliamo di lui? Si può dire che erano molto conservatori. Tutte le cose che accaddero in quella casa sono indescrivibili. Tutte le routine erano scomparse in quella casa. Per giorni c'è stato un solo pasto. Per un mese tutti i presenti non si sono nemmeno parlati. Sreekuttan ora parla solo con suo padre. Nonostante tutto, Sree non era pronto ad arrendersi. Ha detto con decisione.

"Se non sei d'accordo, la sposerò per registrazione, la porterò qui e la farò rimanere".

Si può dire che hanno accettato la sua minaccia. Con ciò, gli diedero il consenso al matrimonio. Il matrimonio fu quindi celebrato in una sala vicina. Solo i parenti più stretti di Sreenadh hanno partecipato alla funzione.

La famiglia di Sreenath, che era solita tenere gli estranei e soprattutto le altre caste nel proprio cortile, ora vive con una ragazza cristiana di nome Maria Fernandes. ....

Dopo essersi alzati presto al mattino, dopo aver fatto il bagno e il Thevaram, Sri si reca ancora al tempio. La domenica, inoltre, andrà in chiesa con Maria. Quando hanno deciso di sposarsi, si sono fatti una promessa.

"Sree può vivere secondo le vostre abitudini, ma io devo andare in chiesa la domenica. Per me è obbligatorio".

"Certamente, ti porterò con me".

Sree era d'accordo. Era un accordo tra loro. Anche se a Shri viene detto di cambiare religione, forse accetterà. Ora davanti a lui c'è solo il suo sorriso che brilla come un arcobaleno.

I mesi passarono. Non c'è ferita che il tempo guarisca. L'opposizione della famiglia nei suoi confronti iniziò a ridursi. Maria iniziò a gradire la nuova vita. Ha iniziato a godersi i loro rituali, il Kavu, il tempio, il Tulasithara, ecc. Ha cambiato il suo nome in "Meera Sreenath" secondo la sua scelta e ha iniziato a seguire lo stile di vita di Sree. Ora Sreenadh e Meera si recano insieme al tempio.

"Non c'è posto per la casta o la religione nella nostra vita, finché c'è amore. Qui l'amore non manca". Questo è ciò che dice sua madre quando si parla di questa relazione.

"Vive come qui. Se si accetta lo stile di vita, la vita può essere confortevole in qualsiasi religione", si consolava la nonna dicendo questo. In ogni caso, la loro vita matrimoniale procede a gonfie vele. Con la benedizione di tutti!

Così, Sreenadh, il membro di quella famiglia ortodossa, che la famiglia di Athira chiamava con il nome di Keezhotunokki durante la sua infanzia e che la teneva lontana non permettendole di entrare nella sua casa e anche che teneva gli estranei nel loro cortile, ora lavora come suo subordinato dopo aver sposato una persona di religione diversa! Cosa si può dire se non che Dio ha mostrato una piccola malizia durante il viaggio in treno?

....

Paradiso e Inferno.

Questa è una vecchia storia.

Un giorno Bhagavan (il Signore) stava riposando a Vaikundam. Poi si udì un grido da qualche parte. Bhagavan notò da dove proveniva. Allora Bhagavan capì immediatamente che il pianto proveniva dall'inferno. Immediatamente Bhagavan si recò all'inferno per scoprire cosa stesse accadendo lì. Poi diversi abitanti dell'inferno sono corsi da Bhagavan e hanno afferrato i piedi di Bhagavan dicendo di salvarli da questo inferno e hanno iniziato a pregare ad alta voce.

Tutte le attrazioni viste lì erano molto pietose. In molti luoghi, gli alberi sono stati tagliati e si sono seccati. In alcuni luoghi, i fiumi si sono prosciugati e la gente si è trovata a vagare per l'acqua potabile. in altri luoghi, le colline e le montagne sono state distrutte. Strade crepate e tubature che perdono sono state viste dappertutto. Anche la natura, con le sue vibrazioni, disturba le creature viventi. Mentre i rifiuti si accumulano, le persone camminano con il naso coperto e l'atmosfera è completamente inquinata. Da una parte si compra l'ossigeno per respirare, dall'altra in alcuni luoghi si compra l'acqua assetata e la si beve in bottiglia. I rifiuti come la plastica vengono ammassati e bruciati. Carbone, fumo tossico e ingorghi sono stati visti nella maggior parte dei luoghi.

Tutte le persone sono pazienti con uno stile di vita. Da una parte la natura è distrutta e dall'altra alcune persone si tormentano, si aggrediscono e si uccidono a vicenda. Bhagavan ha visto tutti i tipi di peccatori, come i violatori della verità, i malversatori, i falsi testimoni, i ladri d'oro, i ladri di idoli e gli adulteri. Ovunque c'erano notizie di corruzione, crudeltà e iniquità. Quando videro Bhagavan, la gente dell'inferno gridò forte dicendo,

"Non è giusto che tu abbia lasciato molte persone a godere in paradiso e solo noi in questo inferno, Signore. Siamo stanchi dell'inferno. Vogliamo anche la felicità celeste".

Sentendo tutto questo, Bhagavan ebbe pietà di loro e li pacificò.

Da lì, Bhagavan andò immediatamente in cielo e vi guardò. Che bello spettacolo ha visto lì!

Tutti erano felici di vivere la propria vita. Che atmosfera pacifica e sacra. Si sono visti ovunque fiori di loto sbocciare in bellissimi laghi d'acqua dolce, e molti tipi di alberi di diverse età e dimensioni pieni di bellissimi frutti maturi e fiori, uccelli come fenicotteri, pappagalli, pavoni, ecc. volare in gruppi. I cervi blackbuck insieme ad animali feroci come bufali, leoni, ecc. convivono senza paura. Tutti vivono comodamente in grandi palazzi simili a palazzi d'oro. Da nessuna parte c'è l'adorazione di Dio o Bhakti. È solo quando si è nel dolore che si sente il bisogno di invocare Dio. Qui tutti sono simili a Dio, con tutte le virtù, condividono le benedizioni senza nemmeno la paura della morte e vivono felici e contenti. Ovunque ci sono solo purezza, amore, conforto, pace e prosperità. Wow! Quando il Signore venne all'inferno, dovette vedere le persone che erano affette da sentimenti malvagi come lussuria, avidità, ubriachezza, nepotismo, crudeltà, ingiustizia, ecc.

Bhagavan raccontò alla gente del cielo la situazione e le lamentele della gente dell'inferno. Chiese loro di andare all'inferno per qualche giorno e di dare il paradiso agli abitanti dell'inferno. La gente del cielo non è abituata a dare solo? Sono d'accordo. Così gli abitanti dell'inferno, che erano abituati solo a ricevere, raggiunsero il paradiso. Anche gli abitanti del cielo hanno raggiunto l'inferno.

È passato un po' di tempo. Bhagavan ricominciò a sentire il pianto. Allora il Signore pensò che la gente del cielo stesse piangendo all'inferno perché non conosceva questa vita infernale. Ma veniva dal cielo. Bhagavan si chiese perché stessero piangendo in cielo. Quando Bhagavan guardò lì con ansia, non vide nulla dei palazzi dorati o dei sentieri fioriti che c'erano prima.

Si sono scontrati tra loro e hanno distrutto e fatto crollare tutto. Ruscelli e fiumi erano inquinati. Le strade sono state interrotte. Montagne e colline sono state spezzate. Era proprio come il vecchio inferno che avevano vissuto. Bhagavan ha chiesto,

"Cosa c'è che non va qui?"".

"Signore, quando sono arrivati in cielo e sono venuti qui, tutti sono diventati molto arroganti ed egoisti. Nessuno sa cosa dire o fare. Ti prego, Signore, è sufficiente, trasferiscici al nostro vecchio posto". Bhagavan era di nuovo confuso, ma decise di trasferirli all'inferno.

Ma quando vi si recò, non riuscì a vedere l'inferno. La gente del cielo si recò lì e seppellì tutti i rifiuti e pulì i fiumi, e l'atmosfera divenne pulita grazie all'effetto della loro sacra radiosità spirituale. L'aria pulita, l'acqua pulita, il suolo pulito, il cibo e le bevande buone erano abbondanti. Poi Bhagavan riunì gli abitanti del cielo e dell'inferno e diede un consiglio.

"Il paradiso e l'inferno non si liberano per nessuno. Deve essere guadagnato con il nostro sforzo. L'unica cosa necessaria è il nostro atteggiamento. Per cambiare atteggiamento è necessaria una mentalità nobile. Il pensiero è il seme di ogni azione. Pertanto, lo sforzo per rendere la nostra mente, il nostro intelletto e la nostra comprensione nobili e puri è più urgente degli sforzi per ottenere guadagni materiali".

Detto questo, il Bhagavan tornò da lì.

....

Sull'autore

Renuka.K.P.

Renuka.K.P. è originaria del distretto di Ernakulam, nello Stato del Kerala, ed è figlia del defunto Sri.Parameswaran e della defunta Smt.Kousalia. Dopo la laurea è entrata nel servizio pubblico del Kerala e si è ritirata come Tahsildar. Ora è attivamente impegnata come scrittrice online e mostra chiaramente il suo punto di vista sulle questioni sociali e culturali della società, in particolare contro la violenza domestica sulle donne.

www.ingramcontent.com/pod-product-compliance
Lightning Source LLC
LaVergne TN
LVHW041637070526
838199LV00052B/3415